DESTINATIONS PAÏENNES

DU MÊME AUTEUR
AUX ÉDITIONS ZOÉ

Morts ou vif. Supplément aux lois de la succession, récits, 1999

Le Toboggan des images. Lecture de Jean-Marc Lovay, 1994

Ramuz. Un passager clandestin des Lettres françaises, 1997

Le Droit de « mal écrire ». Quand les auteurs romands déjouent le « français de Paris », 1998

CHEZ D'AUTRES ÉDITEURS

L'Âge du roman parlant 1919-1939, Librairie Droz, 2001

Un lieu de parole. Écrivains du Valais romand (XXe s.), Éditions Pillet, 2000

JÉRÔME MEIZOZ

DESTINATIONS PAÏENNES

Proses brèves

ÉDITIONS ZOÉ

Nous remercions
le Conseil de la culture du Canton du Valais
d'avoir accordé son soutien à
la publication de ce livre

Maquette de couverture : Evelyne Decroux
Illustration : Adolf Wölfli, *Fleur mâle du prunier de Salamanque*
ISBN : 2-88182-444-7

Si notre vie a un fondement, c'est un souvenir.

Virginia Woolf

I

PAYS PREMIER

À demi-né seulement

Les médecins m'ont toujours dit trop fragile pour rencontrer le monde.

À la première borne, au premier angle, en vue du fossé le plus ténu, je recule.

Mon père bien calé dans son fauteuil de notaire, le verbe agile et cassant, me toise comme un oiseau tombé du nid.

Le matin, les mains encore posées sur les draps comme deux poupées de verre, j'entends son automobile gronder sur le gravier du parc.

Je me terre dans les couvertures pesantes comme le plomb.

La femme de ménage a reçu l'ordre de ne pas m'importuner; le livreur dépose sans un bruit ses frémissants emballages de victuailles.

Tout m'est trop, même la pâle lumière de la rue.

Et personne à aimer dans cette bâtisse, ne serait-ce qu'un chat.

C'est ma mère qui s'y refuse.

Le docteur m'interroge toutes les semaines. Je n'ai rien à lui dire sur ce vertige moelleux.

J'aime cependant quand grand-mère me fait lecture. Elle humecte ses lèvres et réveille mon peu d'imagination de sa diction vieillotte.

En ces instants suspendus, je laisse monter jusqu'à mon drap, sans crainte, un rayon blanc de soleil.

De longues heures de délectation, ensuite. Je me risquerais presque dehors, alors.

Mais le docteur, que maman accompagne jusqu'à la porte en susurrant de rondes syllabes, me le déconseille strictement.

Pour l'instant, je reste donc étendu, à habiter toute la coupole de mes paupières.

Peut-être qu'elle commencera demain, cette vie dont on me parle tant.

Maman à la fenêtre

Une chose me tient à cœur.

Tant d'années après la disparition de maman, tout ce silence qui l'a enveloppée, ces demi-mots, ces leurres, non, ça ne tient pas.

Oh ! je sais bien qu'on ne me croira pas volontiers. J'entends déjà Brigitte hurler qu'un bon à rien comme moi, un abonné des maisons de correction, ne saurait parler droit.

Tant pis. Je dois rétablir les faits, envers et contre tous.

Ce que nul n'a dit, d'abord, c'est que les médecins ne l'ont pas soulagée comme il aurait fallu. De peur d'admettre l'irrémédiable, on a lésiné sur la morphine.

Vieux réflexe chrétien : la souffrance comme rachat.

Ensuite, notre voisine a menti. Je l'affirme, elle a menti.

Ses propos, reproduits dans l'article paru le lendemain, sont totalement fantaisistes :

> « Elle avait plusieurs fois essayé. Je me souviens de l'avoir vue se précipiter à la fenêtre en peignoir, pour en finir. Ce jour-là, c'est le petit qui l'a retenue par la ceinture. »

Je m'insurge contre cette version des choses.

Notre voisine cherche comme toujours à nous nuire, à répandre des bruits sur la folie de maman.

Non, je peux le dire, moi, ce qui s'est passé.

Maman avait si mal, je tamponnais son front d'un linge rose. Elle voulait simplement sortir de cette tombe de draps, se redresser, voir en face la si belle campagne d'avril.

Tout éclate au dehors, il lui fallait voir, au moins revoir.

Je l'ai accompagnée jusqu'à la fenêtre, c'est vrai qu'elle était peu sûre.

Notre voisine est une charogne de menteuse, je tiens à le dire ici même.

Maman voulait juste prendre l'air.

Maison mère

J'ai longtemps vécu parmi les personnages de la Bible.

Dans les récits du prêtre, qui dessinaient Jonas, Judas et Marie, tout se présentait sans rupture des temps. Ni légende, ni mythe, juste l'incarnation vécue de visages, au plus proche de nos matins d'enfants.

C'est ainsi chez Marthe et Marie que j'ai été nourri, logé, aimé.

Pieuses femmes qui donnaient le lit, la table à l'errant, au nécessiteux.

Seule Marie parlait à Jésus, lors de ses visites. Il demeurait sur la chaise en osier de la cuisine, dos à la fenêtre. Je me tenais prudemment à l'écart, avec le chat.

Marie faisait la conversation à cet illustre visiteur, elle lui passait poliment la parole. Souvent, elle faisait son linge tout en parlant. Bonheur des odeurs humides de lessive.

Jésus faisait tourner entre ses doigts un verre de vin violet. On le servait à volonté, tandis qu'il nous relatait ses journées.

Marthe acceptait la rencontre, mais silencieusement, laissant par convention la parole à sa sœur aînée.

Sa tâche assignée : servir, changer tasses et verres, filtrer le café, s'adresser avec réserve à l'homme venu ; sortir, pour lui, les plus belles serviettes. Avec un imperturbable sourire, réservé.

Je ne m'étonnais de rien : de tout temps, quand Jésus nous honorait d'une visite, Marie parlait et Marthe se taisait avec respect. Toutes deux buvaient ses paroles et les commentaient parfois, le soir.

Ces phrases me restaient incompréhensibles, j'aurais mieux compris la langue du chat, mon complice.

Marie s'en est allée, elle a trépassé dans sa salle de bains, un petit matin d'été. De si beaux réveils oiselés, ici. Sa sœur l'a trouvée étendue à terre.

Que devient Marthe, sans Marie, détentrice de la parole ?

La chaise d'osier où s'installait Jésus m'a été léguée. Elle est dans un coin de ma cuisine, inutile.

J'appelle Marthe au téléphone, depuis la ville où je demeure. Les bruits de la maison mère sont perceptibles derrière elle. Un grand courant froid et ombré, le miaulement du chat.

Marthe se fait toute petite, son corps s'est comme recroquevillé. Elle qui servait à table ne mange plus guère. Elle ne tient plus à sortir de la maison, non qu'elle soit impotente ou blessée, juste un peu tremblante.

Marie absente, c'est dans le ventre de la maison qu'elle trouve la seule chaleur qu'elle n'a jamais eue, les hommes s'étant détournés d'elle ou elle des hommes. La seule tiédeur qui se communique à son pauvre corps.

Elle nomme le lieu, elle dit simplement « la maison » comme un homme mûr qui oserait encore prononcer « maman » devant des visiteurs.

Ce sont les murs désormais qui contiennent tous ceux qu'elle a perdus, et dont elle seule perpétue le visage en ces lieux. Les aimés sont ainsi dans son corps, et dans les pierres limoneuses qui portent le toit.

À quoi bon partir, puisqu'ils ne lui veulent aucun mal. Juste qu'elle soit la gardienne, même seule et faiblissante.

Sa mission est toujours exigeante, et elle se réjouit de pouvoir servir.

Toute à sa candeur, Marthe parle seule, souvent.

À l'abri de nos regards, Jésus vient encore la trouver, je pense.

Saison d'hommes

Venus des villes solaires – Reggio, Catane – des placettes baroques endormies – Bari, Lecce – les saisonniers ont habité notre vallée boueuse.

Ils ont fléchi et tranché le peuplier à la chaîne.

Porté à quatre mains, sous nos quolibets d'enfants, leurs sacs de victuailles.

Le pain, du pain !

À peine si quelques gouttes de ces vies ont transpiré.

Saisonniers goguenards assis devant leurs baraques, parmi les odeurs de légumes frits !

La cuisine à l'huile contre la cuisine au beurre. Le mauvais vin du jour.

À l'écart des maisons de famille, derrière l'usine rouge aux grosses lettres.

Les belles filles ternies par l'atelier: Grazia, Marisole, Rita.

Les vieillards échoués dans la vallée.

Muets ou murés en eux-mêmes, ils sont pourtant frappés de mélancolie, leurs maîtres, avec cet air inquiet au sortir de l'église…

Voilà l'usine close. Désormais Léonard, aveugle, traîne seul dans l'immense bâtisse.

Il règne sur des entrepôts impossibles à négocier.

Tout y est pétri de bile noire.

Je crois encore entendre leurs voix dans l'air. Elles couvrent la rumeur marchande qui nous a figés.

Faux jours, faux gazons ras devant les villas de plastique, tromperies à n'en plus finir.

Cloîtrés derrière les haies soigneusement taillées.

Poissons étouffant derrière la vitre.

II

MISSIONS DU RÊVEUR

Gestes de mon frère

Depuis que je fais le secrétaire du gros consul français, dans la bâtisse noyée de feuillages sur la frange de collines qui domine la ville, il m'est donné de voir bien des choses de la vie.

Le consul est élégant. Des Noirs le servent respectueusement, et lui, il sert la France.

Tous les matins que Dieu fait, je traverse le parc public. C'est là que travaille « mon frère ».

Depuis cinq ans que je l'observe en toute discrétion.

Il ne se doute de rien, parfois même me traverse la fugace pensée que je n'existe pas à ses yeux.

Il ne semble pas avoir reçu en partage un haut niveau de conscience, mon frère.

En janvier, sachez-le, il taille les pommiers. Cela dure des semaines, et il est du genre lent, mon frère. En mars il soigne les primevères, en avril les tulipes, en mai les jacinthes dont le parfum me ferait parfois défaillir. En juillet, impassible sous le gros soleil, il taille le gazon, mon frère, en septembre arrache les bulbes, en novembre recouvre le sol de branches de sapin.

Il sourit souvent, mon frère, dans le vent, à rien, surtout pas à moi, il n'a toujours pas remarqué mon manège. De loin, je reconnais son grand pas lent, rythmé, il imprime sa marque à ce jardin terré au cœur de la ville frémissante de commerces.

Je ne lui connais pas de maître, mon frère, de patron, de chef ou tout autre personnage apte à remplir un tel rôle.

Il est toujours là, seul absolument, actif et cependant vide de pensées, pour le seul plaisir des habitants de la ville qui traversent furtivement le jardin.

Il y a encore des îlots, des lieux écartés, donc, qui ont échappé à ce monde.

Il est cloîtré, mon frère, entre grillages, fruits, feuillages et floraisons.

Attaché à la glèbe comme jadis, avec un air de candeur et d'oubli que je note toujours joyeusement.

Il semble avoir trouvé le lieu, il l'incarne et le réalise, si je puis dire, dans toute sa modeste personne.

Bien qu'il soit lourd et pataud, mon frère, il semble taillé idéalement pour ce travail d'arracher, de planter, et de meurtrir la terre pour la réparer.

C'est une croyance comme une autre, après tout, et peu importe qu'elle ait pris la forme de son visage, le roux de ses cheveux, sa bonhomie de gros enfant.

C'est en lui, ce jardinier, que mon frère disparu il y a tant d'années maintenant, rayé du monde en sa jeunesse, a choisi de s'installer.

Je le respecte et, de loin, je l'admire.

Berceau, tombe

Pour les missions de paille qu'elle me donne, l'entreprise m'a logé dans la tour ultramoderne.

Toutes commodités. Anonymat garanti. Propreté, vue dégagée.

« Vous êtes au chômage ? » jette un gros concierge qui me serre dans la cage d'ascenseur.

Il a repéré mon manège. Enfermé toute la journée. Juste une balade, une bière glacée vers le soir.

Nourri de silence.

Personne dans les couloirs, ce soir. Muni d'un trousseau de clefs, je gagne les souterrains.

Il s'agit de presser le pas, le réseau de ciment m'étreint. Y a-t-il quelqu'un derrière moi ?

La quatrième porte. Je referme tout sur mon passage.

Personne.

Installation des filtres et préparation du mélange.

C'est le moment. Je dois faire vite, à dix heures ils seront ici.

Eux.

Leur sorte de poussette débordante de tissus, tous deux en habit de nuit comme des malades ou des dormeurs debout.

L'atroce couple hors d'âge, et hors d'eux, toujours, quand dans la buanderie subsiste le moindre linge froissé, la moindre goutte d'eau sur le sol.

Leur heure.

La revendiquent en titubant derrière ce qui me semble un landau, du fond d'un couloir noyé dans l'ombre.

Indistinctement cacochymes et juvéniles, prisonniers de l'un des mondes inférieurs.

Comme s'ils promenaient le fantomatique fruit de leurs amours.

Sont-ils des morts errant avec un ancien nourrisson ?

Vite.

Tourner l'angle du sous-sol, viser la cage d'escalier, disparaître avant leur heure.

Pour ne subir ni leur berceau, ni leur tombe.

Silence de midi

Ça commence d'ordinaire par un signe ténu.

À l'heure docile des bureaux, ou à midi.

Hier, par exemple, tout était soleil et ciment devant le stade désert. Son dos de colosse luisant. L'air assourdi ou plombé.

Aux arbres, à peine l'effervescence des oiseaux.

Les yeux fermés, j'écoutais un pas sur le gravier. Un vieil homme, bonnet de laine troué, vieux manteau rouge, pantalons de poussière.

Tend une main enflée, et trébuche sur les mots:

— Pour manger…

Je me détourne des mendiants. Ils me font honte. De moi.

Baisser les yeux, et passer mon chemin.

Mais ce midi irréel et arrêté en a décidé autrement.

— Vous venez d'où?

— Portugal…

Sursaut. Justement, la rêverie dont j'étais l'otage, c'était Lisbonne, les terrasses, le Tage.

Splendeur du Portugal. Sel et sable.

Une carte postale comme j'en ai trop.

— Pas de travail ici…

Je fais mes poches.

Son visage. Quelque chose comme celui d'un vieil Italien de mon enfance, Giuseppe, pour nous Joseph. Mon oncle l'avait renversé avec sa voiture. Depuis, il a toujours boité. Souriant pourtant du matin au soir.

Je le voyais revenir le soir de l'usine à bois. Il n'est jamais reparti pour les Pouilles.

Il a traîné ses vieux os ici, son perpétuel et poli soliloque.

Face à moi, l'ombre au bonnet rouge grimace, entre larmes et sourire.

Soudain le gravier crissant semble celui d'un cimetière.

Et si les vivants, provisoires, n'étaient que la frange émergente des êtres qui errent par ici ?

Il a pris les pièces, et remercie de la tête.

Je ne fais donc pas la justice, juste la charité. Le pitoyable geste.

Il tend sa main noire vers la mienne.

En le quittant, j'essuie machinalement mes doigts dans un mouchoir.

À nouveau, midi et son silence de tombe.

Par le pays

Comme chaque mercredi, sac au dos, je me traîne vers la gare.

Je mange en vitesse un sandwich avant de grimper dans le train. Sur le quai, rajuster ma chemise froissée, et chercher, haletant, la voiture-restaurant.

C'est le pays que je traverse ainsi, abruti de fatigue. Mes oreilles glissent peu à peu d'un dialecte germanique aiguisé vers le français. Je suis frôlé par des hommes et des femmes d'affaires aux chemises immaculées, aux lunettes cerclées d'or, dont le téléphone portable sonne à tout instant pour leur rappeler une mission capitale. Autour de moi, on parle argent, marché, bénéfices. Je voudrais passer inaperçu malgré ma revue de loisirs et bricolage aux couleurs vives. Les hommes d'affaires se mettent à table. Ils commandent du vin rouge. Une odeur se répand qui les invite à saliver.

Dans la traversée de mon pays, l'odeur se met à parler :

FRO-MA-GE !

Depuis des siècles et des siècles, les pères des pères de ces messieurs-dames en candide chemise ont fabriqué, entreposé, dévoré du fromage.

Le bloc de gras, devenu emblème national, est omniprésent en paroles et musique.

L'odeur remonte le temps et contient le pays que nous traversons à l'instant.

Préoccupés par leurs feuilles à chiffres, ces messieurs-dames de mon pays ne semblent pas percevoir l'agressive senteur de fermentation, chaude et salée, qui embrase les narines et rappelle les odeurs du corps, la sueur, le lait, le sel.

Pas un seul d'entre eux ne réagit à l'intrusion soudaine.

Ils doivent pourtant le sentir, cet envahissement, imprégner leurs feuillets, leurs portables, leurs cravates et chemisiers de soie.

L'odeur dit le temps des pères silencieux et brutaux de mon pays. Peut-être qu'elle les dégoûte et les rassure, l'odeur, leur disant le lien familier, la veillée, mais aussi la terre, la glèbe d'où ils sont issus, s'y étant ensuite arrachés.

Une honte ancienne, peut-être, ou un secret oublié ?

Ils continuent donc à boire et à parler chiffres. Je les épie penché sur un journal dont je déchiffre à peine la langue.

Je viens d'un pays où le passé saisit le présent et le mord. Je viens d'un pays où l'on respecte par-dessus tout les moyens de conservation, de stockage, comme le fromage préserve le lait éphémère.

Un pays où le climat n'aide pas à joindre le futile au délectable.

Je viens d'un pays de bergers d'Épinal devenus cols blancs comme par le miracle d'une fée, un pays traversé par sa mémoire infuse, une odeur gênante et gênée qui le poursuit.

Je m'y dissimule avec art, pour échapper à sa violence inerte, celle qui s'abat sur ceux dont la chemise afficherait un pli inconvenant.

Font la paire

J'ai quitté le bureau à l'heure prévue.

La ville, le soir. Ma tâche est pour ce jour achevée.
Odeurs de gaz d'échappement dans ce café, près du lac, entrecoupées de glycines. Toutes fenêtres ouvertes.

À la table d'en face, un homme et une femme.
Lui, cinquante ans, petit renfermé, anxieux. Elle, dans la splendeur de ses vingt ans, élancée, métissée, un peu hautaine.
Sa fille ? Sa maîtresse ? Une escorte, peut-être.

Il se penche sur elle pour lui parler. Elle ne lève pas la tête.
Je fais semblant de fouiller mes dossiers d'ingénieur ; contemple distraitement des graphiques colorés.

Salade pour elle, et minérale. Viande pour lui, et bière.

Il semble démuni, elle, légère, l'agace, le pétille ; le regarde à peine, ne sourit pas.
Lui parle, cherche son attention.
Un rire furtif, à lui pas même adressé.

Je pense à autre chose...
Je pense à autre chose...

Tout à coup, la vision se purifie, décante, se simplifie : mâle et femelle face à face, les signaux de leurs appétits, leurs yeux de prédateurs qui lorgnent la nourriture de l'autre, et pourquoi pas son corps, à s'attribuer aussi en meilleure part.

Entre leurs désirs et leurs malentendus tenaces, dans les univers qui les séparent et par instants se croisent.
Lui, dans la bassesse de son corps. Elle, dans l'implacable de son visage et de sa ligne irréprochable. Une main sur sa main.

Et ça finit donc par s'unir ?

Cause toujours, présomptueux conteur !
En attendant, toi l'observateur perspicace (ou qui te targues de l'être), tu demeures assis, seul, devant un verre de vin, à ta table vide.

Fred le taciturne

Quand j'habitais le pays des forêts, autrefois, je laissais filer l'été en prenant un emploi modeste, qui était propice à la rêverie.

C'était simple, avec Frédéric, nous conduisions une jeep jusque dans les vallées. Rouge, la jeep, sur le toit de laquelle étaient nos outils, crochets de fer, scies, perches et cordes.

Frédéric me donnait les ordres.

C'est qu'il en avait l'âge, depuis l'enfance je voyais sa voiture tanguer dans la rue, vers les dix heures, car il avait passé ce soir comme tous les soirs des heures à boire.

Frédéric ne parlait jamais, ou presque. Un geste, un signe, tout était d'évidence dans ce métier.

Nous nous attaquions le matin à une rangée d'arbres, à nous de les élaguer, abattre, à nous de les meurtrir pour le compte d'un chef plus grand encore, et que je n'avais jamais vu.

Des journées entières dans les arbres, accrochés par des sangles, à atteindre les branches rebelles par des stratagèmes. Sans un mot.

J'étais heureux. Au crépuscule, ma peau collait de sueur et de résine, la poussière du bois me faisait les cheveux roux, et dans tout mon corps un grand plaisir muet s'épanchait, sur la route du retour.

Il faut dire aussi que Frédéric savait prendre son temps, prolonger les pauses, il sortait de son sac, avant même l'heure réglementaire, une petite bouteille à travers de laquelle le soleil faisait son miel.

On en buvait de grandes rasades sous les abricotiers. Sans nul souci, comme deux clochards ou deux voyageurs d'autrefois, de passage dans un pays prodigue.

J'ai quitté plus tard la vallée. De temps à autre, je croisais Frédéric au sortir d'un café. Une poignée de main, mais pas un mot. Je l'ai revu bien plus tard, très amaigri, méconnaissable, et toujours aussi peu parleur.

Une maladie dans la gorge l'avait enflammé.

Des douleurs pendant des mois, dont il n'avait parlé à personne, pas même à sa vieille mère chez qui il demeurait.

Ce furent les opérations, les médicaments, une atteinte profonde tarit pour jamais la source de sa parole, qu'il sollicitait si peu.

On voit, au café où il traîne depuis qu'il ne

sillonne plus les vallées, Frédéric ouvrir grand sa bouche, d'où remonte un étrange son animal.

Il est parmi nous, et son silence ne date pas d'hier.

Plus personne n'y prend garde, d'ailleurs.

Lucien est ailleurs

Dans un café assiégé d'ombre, la tenancière évoque le personnage :

— Ses insultes, quelle histoire ! J'ai cru que celui qui devait sauver tous les hommes s'appelait Jésus, pas Lucien Rosset !

Il est de coutume ici comme ailleurs, un jour d'ensevelissement, de raconter les hauts faits du défunt. Les récits foisonnent, bourgeonnent, cherchent à tâtons des carrefours communs. L'accord doit se faire sur les actes de celui qui a passé :

— Saint-Pierre vient d'ouvrir pour Lucien un bar-express entre le purgatoire et l'enfer !

À moi de rassembler ces paroles éparses dans l'air.

Un talent, un vieil enfant polémiste, Lucien. Voué à la politique et à la mémoire des familles. L'orphelin ou le génie ironique du village. Ses cris dans la ruelle après minuit :

— Lucien Rosset est un Juif !

Dans chacune de ses guerres affleure la cour d'école. D'une intelligence écorchée, pâle sous sa barbe en collier.

Il pleure tel jour quand un gosse au corps sauvagement déformé demande à l'embrasser.

Lucien appartient au vin, jour comme nuit.

Il descend, titubant, jusqu'à un bourg de plaine, longeant une rivière, Dranse ou danse, là où depuis la fin des bergeries plus personne ne passe.

Les ronces le fouettent et le griffent au front. Il a parlé tout le jour dans le désert. Sa passion le perd dans les branchages.

Il refait surface dans un café de la place où – Lucien attire les palabres et le client – son couvert est mis au frais du patron.

Ou bien il demeure prostré dans son antre, une grange à foin dont par bail, selon la formule officielle, il est le « pèlerin » à vie. Son « quatre étoiles », il s'en vante : par le toit délabré, la nuit, lui apparaît le fragment d'un ciel constellé.

Lucien accumule mille papiers griffonnés, articles déchirés à la va-vite dans les buffets de gare, convocations militantes. Ses articles ironiques et implacables, sous divers noms d'emprunt, pour la feuille d'un parti redouté, rejeté par l'Église.

(Tout à l'heure dans la chapelle bondée, tel prêtre jonglera mielleusement pour ramener aux jupes de la Vierge l'insolent, l'innocent Lucien, privé de réplique.)

Il hante la bibliothèque du bourg. Il s'y réchauffe, épluche la presse avant de jeter l'ancre dans son bar favori.

Il surprend toute cette petite peuplade muette par un savoir livresque et son passé étonnant : les études, de hautes charges dans la capitale. Puis comme une vocation de pauvreté, le retour à sa ruelle et le dévouement, plus ou moins voulu, au vin.

Le soir, Lucien retrouve sa grange et sa solitude. Je le vois s'effondrer lourdement, ou griffonner encore un pronostic électoral.

L'esprit de Lucien, si tourbillonnant de peines, restera opaque aux conteurs du café.

Sans bagage ni adresse, il est rigoureusement, savamment inaccessible.

Il finit par mourir l'autre jour d'une maladie qu'il n'a pas souhaité vaincre.

La luisante dalle d'ardoise sécrète de l'ombre comme une résine. Maintenant la cloche sonne et nous appelle pour le dernier adieu.

Quand on le blessait ou le coinçait dans un angle de sa vie, il vous lançait invariablement à la gueule, roulant vers l'air d'interminables mains torses d'enjôleur :

— Lucien Rosset est ailleurs !

Cet homme et son désert

J'ai des frères inconnus.

Simon, par exemple.

Il porte le nom de famille de ma mère. Un nom devenu rare et difficile à prononcer.

Le voilà sur le quai de gare d'une bourgade affreuse, emmuraillée de pluie et de pierre.

Nous y avons été terrorisés par un maître qui vient de mourir, me rappelle-t-il. Un prêtre, qui avait tout quitté pour une femme, et un trop bref bonheur.

Dressés, nous y avons été dressés, formés à je ne sais plus quoi.

Il se devait de devenir un astronome chevronné.

Un jour, il quitte son clocher pour la capitale. Il s'y terre et décroche aisément ses titres. Son violent loisir désormais : l'orgue.

Dès qu'il a terminé, ou contenté ses parents, je suppose, Simon range ses diplômes dans une caisse.

Il s'invente la mission de tenir les orgues d'une autre bourgade, plus riante, mais tout aussi absente.

Il vit de rien, de menus travaux, de concerts sans public.

Dans un studio meublé, dont il sort chaque matin en costume élimé, d'où ses membres dépassent innocemment.

Tout est déjà vieillot sur cet encore jeune homme. Sa diction, sa chemise, la coupe trop courte de son pantalon, sa barbiche de démon, Simon, et le tissu de sa chaussette.

Nulle amertume sur son visage, ou dans les mots un peu abrasés sortis de sa bouche.

Il ne détient pas la beauté, pourtant.

Mais aucune aigreur. Tout au plus une ruse.

Les buts ordinaires de la vie, les sournoises ambitions, tout semble s'être arrêté par amour des orgues.

Je vois Simon une fois tous les dix ans, dans des gares, des trains. Le temps soudain se résume et s'écoule en gouttelettes.

Avant de regagner la ville où m'appelle une tâche inconnue, je l'interroge sur la solitude et le dénuement.

Il me glisse :

— Ici, j'ai pour moi toutes les orgues.

Tel un moine, qui habite pleinement son désert.

Rébus de pierre

J'ai erré tout l'après-midi dans le brasier des terrasses.

Huit étages d'anciennes céréalières. Autant de murs pour les soutenir.

Un endroit à l'écart, presque oublié. Abandonné de ses habitants depuis un petit nombre d'années.

Les muets autarciques qui portaient tout sur leur dos sont descendus se fondre dans la plaine.

Évaporés.

Gageure de reconstituer une journée des hommes posés dans cette assiette d'herbe en équilibre sur la gorge.

Les incessantes transhumances de la belle saison.

Les morts enfouis dans la neige, l'hiver, attendant la terre meuble du printemps.

Le grand ennui de janvier. Couper du bois, dormir, boire.

Depuis que les maisons sont vides, la forêt avance.

Un à un les prés s'effacent comme des écritures devenues illisibles.

Un jour des arbres pousseront sur chaque seuil, étouffant tout, au mépris des défrichages temporaires.

Le temps passe à grandes enjambées. Comme de mauvaises coutures se défont les traces de l'homme.

Et pourtant ils avaient voulu durer.

On a reconstruit l'école après l'incendie de 1913, on a cru aussi à ce siècle, après les autres siècles.

Sous les murailles qui couronnent le plateau, une pierre taillée indique une lignée, un an :

I. E. M. 1788

Les rois de France et de Navarre ont passé au loin, trépassé sans bruit.

Jardins, bâtisses de pierre rousse, fontaine, vergers aux fruitiers d'altitude, tout semble avoir été fait pour une survie ou une perfection secrète, puis abandonné en l'état.

Laissé aux estivants curieux.

Signes qui leur sont faits, mais le code vivant s'est perdu.

En vain, j'ai cherché d'autres traces sur les murets des terrasses. Métaux, ossements, fondations.

Rien.

Pourquoi forcer la porte du passé ? À quoi bon ce déchiffrage des pierres ?

Derrière les épis, là-bas, il se pourrait bien que
quelque aïeul goguenard,
le mien, aussi invisible qu'un renard,
se rie de moi et de ces faux problèmes.

Rédemption modeste

— *Trotz allem ist er glücklich.*

Telle a été la conclusion de la vieille femme qui, à cette occasion, détachait chaque syllabe.

Malgré tout ?

Il faut imaginer cette vie.

Cheveux poivre et sel, un homme est assis dans le square ; sur un carnet rouge, il prend fébrilement des notes.

Faits et arguments pour un procès contre lui. Il en est couvert, de procès.

Pour tout et pour rien : bar illégal, voiture bricolée, terrains loués, querelles de voisinage. Un mariolle de village, pas méchant, dit-on.

Il a partout tenté sa demi-chance fêlée, partout s'est heurté. La Bourgogne 1976, Constance 1982, Jusqu'à Bergame deux ans plus tard, dans le commerce des ovins. Puis Barcelone 1987 dans les matériaux de construction.

Il se frotte les mains sur son paletot. Ou il se les lave avant un rendez-vous. Toujours le carnet rouge.

Ici il a conçu de petites affaires à la manière gitane ; tout est généreux, composite, et factice un peu.

Il joue sa vie en verroterie. Se contente de faux éclats.

Ce soir, sur le banc du square, le voilà submergé. Tracas, petitesse, ratés en série.

Pourtant il ne cesse ses menues actions. Déplier des papiers, ouvrir le col de sa chemise pour prendre un peu l'air, frotter ses chaussures avec sa manche. Chaussures usées, colmatées, il les entend crisser sur le gravier.

Se refaire à neuf, renaître. Aptitude qui lui semble la première. Surmonter, se défaire, entrer dans une peau neuve.

Maintenant dirigé dans l'axe du soleil, il se retourne pour recevoir un cri d'oiseau.

Torpeur des trois heures sur le lac de métal.

Respiration.

Comment croire que de tout cela il serait à l'instant *lavé* ?

Terrasse

Peu de choses sont plus agréables, plus civilisées, qu'une terrasse tranquille, au crépuscule.
Saul Bellow

Quelle chance d'arriver si tard. Je veux dire, dans l'Histoire.

Installé à la terrasse, ce soir, après des heures vouées aux paperasses et aux contrats, j'ai décidé de jouir de la vie.

La fontaine chantonne négligemment.

Un inconnu en a drainé l'eau, un autre a conçu la conduite de métal, un quidam dessiné le bassin. Sans doute un ouvrier l'a-t-il maçonnée.

> La voilà qui coule comme pour répandre la fraîcheur et la joie.

Au-dessus de ma tête, se mêlent les branches de quatre platanes, dont les racines boursouflent les pavés.

Un inconnu a sélectionné cette espèce, un autre l'a plantée, tel jardinier l'a soignée.

La voilà qui couvre aimablement la terrasse, elle vibre dans la brise de juillet.

Les heures chaudes se sont esquivées. On m'a servi un verre de vin. Peu à peu, le liquide violacé prend la couleur de la nuit.

Des inconnus ont planté la vigne, soigné le fruit. Mille générations ont transmis et perfectionné les délicats secrets de la fermentation.

Et qui a savamment flétri les grappes, les pourrissant presque pour en tirer les arômes les plus profonds ?

C'est un concentré de temps, une traduction du soleil pour ma bouche avide.

Voilà le vin qui civilement, tendrement, résonne dans le palais et envahit les membres.

Comme d'ordinaire, je demeure seul à la table. Des parleurs cependant frémissent tout autour. Ils rythment le monde.

Tels humains du fond des âges ont parlé les premiers, un jour. Des femmes autour d'un puits, peut-être, comme le pensait le promeneur solitaire.

La moindre phrase pourrait être comme le raisin, pressée, pour en tirer les reliques de la coutume, du lieu, du droit, les lois du charme, la froideur de l'institution.

La voilà mâchée dans ma bouche, la langue, avec ses sons venus d'un passé inconnu. Dès que j'y recours du bout des lèvres, elle emprunte ma caisse de résonance.

Fragile bonheur, ne t'en va pas si vite !

Le mieux, c'est de finir mon verre sans un mot.

La juste place

À chaque fois que cette échelle d'os, ce déséquilibre de disques, ce nœud de nerfs et de viande, mon dos, exige de moi l'immobilité, je dois repartir à la conquête de la maison.

D'une paroi à l'autre se traîner pesamment, adopter des postures de contorsionniste.
Voyez-vous, il s'agit de ne pas se laisser mourir. Car l'immobilité non désirée peut tuer.

S'allonger dans les rais de lumière, quêter les zones les plus chaudes de la maison.
Comme le chat, mon complice, trouver la juste place.
En hiver, ou lors de la remontée des jours, elle est juste derrière la vitre.

Il y règne une douceur de serre et la clarté donne l'illusion de n'être ni infirme, ni exclu du monde.

N'allez pas me dire que vous n'avez pas connu ces heures de vague rêverie, de divagation heureuse dues à l'oisiveté et au corps entravé ?

Joueuse, l'imagination s'empare de tout alentour et le noue avant de le disperser à nouveau :

Un visage vu hier penché sur un fruit rouge, tranché.

Un prénom sonnant de mille souvenirs morcelés.

Un personnage de conte soudain ranimé.

La pure dérive du corps : rien à retenir, à figer, à ordonner.

L'heure n'est pas venue encore de grappiller toutes ces miettes et de leur imposer le sens.

Chaque chose en son temps.

D'abord affronter l'immobilité. Chercher des remparts intérieurs, des exemples.

Tel cet homme que je ne connais pas, dont le corps est depuis longtemps figé dans la terre d'un pays ligneux et brûlé.

Un sculpteur, un acharné.

Ce qu'on m'a confié de lui suffira à ma patience obligée :

> « Antonio Francisco Lisboa, fils d'un architecte portugais et de son esclave africaine fut atteint dans sa trentaine, en l'an 1777, d'une terrible maladie qui le rendit progressivement infirme.

Ayant perdu l'usage de ses pieds, il ne se déplaçait plus qu'à genoux. Ses mains s'étant atrophiées, il finit sa vie en sculptant des anges baroques flamboyants à l'aide d'outils attachés à ses moignons. Tous l'appelaient l'Aleijadinho, le petit estropié. »

Robinson

Derrière les cabines grises de béton s'ouvre un territoire méconnu, abrité des vents.

La lumière s'y amasse, étouffant au passage tous les bruits.

De là, on ne voit plus la ville, seulement de l'eau, et le dos bleu des montagnes qui cogne contre le ciel.

Rythmique brisée des mouettes dans l'air.

C'est la presqu'île des impénitents du soleil.

Des vieux, des vieilles, brunis et comme séchés, immobiles sur les galets. Quémandant un peu de l'énergie astrale.

L'un d'eux balaie le sable soufflé et salue les habitués.

Plusieurs Italiens installés en ville depuis des décennies viennent y chercher une plage qui ressemble à leurs plages. Et son lot d'habitudes : salutations, journaux, potins.

Un homme plus jeune, comme chaque jour, est adossé à sa bicyclette.

De ses sacoches bourrées d'objets, il dégaine une boîte de bière.

Presque assis sur sa pile de journaux, il cause à tous ou à personne.

Il commente les nouvelles en lançant toujours le même rire vers l'eau.

Il ne fait absolument rien.

À la dérive, mais ravi :

— Tiens, les voilà qui achètent des canons !

Robinson, c'est le nom que je lui donne par devers moi, n'a plus prise sur le monde qui galope. Il lui tourne le dos gaiement. Mais passe ses journées face au lac :

— Il est comment, ce matin ?

Invariablement, ils parlent de l'eau comme d'un mets qu'ils auraient eu le privilège de goûter.

— Ils disent qu'il est moins bon qu'hier...
— La bise... ce froid qui remonte du fond.

Prend ensuite fin la lecture publique : Robinson froisse les journaux, on les entend crisser secs déjà et sablés par le vent.

Jouisseur de rien, heureux à bon compte dans l'air qui tinte.

Robinson, profession : campeur sur l'île improvisée.

Ce jour comme chaque jour il est hilare :

— Venez me voir, si vous passez, je dors sous le Grand-Pont !

L'inconnu d'en face

Deux fois par semaine, je quitte en toute discrétion mon poste avant l'heure, me glisse le long des murets de pierre du domaine et m'engouffre dans la foule.

Je frappe à la porte d'un appartement silencieux, sur la porte duquel on ne peut lire aucun nom, et j'entre sans attendre.

Soigneusement se savonner les mains au lavabo de l'entrée. Il n'est pas rare qu'une lourde odeur de fleurs traverse l'atmosphère.

Je me sens alors paisible et enveloppé d'un calme indéfinissable.

Devant l'inconnu d'en face, c'est ma respiration contre la sienne, l'accordage des rythmes qui a lieu avant toute chose.

Puis les mots trouvent leur passage et s'accrochent à la première pensée en transit.

Il semble s'ennuyer ferme, l'inconnu d'en face, il ne bronche guère, à peine un grognement parfois.

Et pourtant le flot coule soudain comme aimanté par son indifférence.

Il a l'œil chinois, et son air assoupi en tromperait plus d'un, comme celui d'un alligator d'ailleurs.

Je l'imagine :

riche comme je suis pauvre
  stable comme je suis chaotique
    serein comme je suis anxieux

Il possède chez lui la tranquillité de l'âme et je viens lui en négocier ma part. Parfois le combat est rude. Il défend bien son territoire.

J'économise, j'emprunte à ma belle-mère pour, moi aussi, avoir droit à quelques instants de paix.

Je peux ensuite retourner sur les hauts de la ville, sans ployer sous le fardeau qui est le mien.

On oublie à quel point il est sans pitié, le monde, dehors, quand on pénètre dans cette cloche vidée de tout temps.

Assis sur une formidable chaise éjectable, j'ai ainsi parcouru toute la forêt amazonienne, toutes les cours d'école, tous les méandres des familles.

J'en sors parfois chargé comme une ogive nucléaire.

Ou dans la peau d'un survivant des tranchées.

Les beaux jours, je rejoins presque la fragile et mystérieuse condition des oiseaux : dans ma carcasse, ça chante.

III

LOINTAIN ACCESSIBLE

Exploration de la ville

Mais ne parlons pas de ce qui est attristant dans une existence contestable.

Cingria

Il me semble parfois que je n'aurai pas assez d'une vie pour connaître ma nouvelle ville.

J'entends bien connaître, c'est-à-dire retrouver, éprouver la vibration de chaque rue.

De bagage léger, je demeure dans un appartement vide sur les hauts de ma ville. Le soir, j'emprunte à pied les ruelles mortes puis, de la fenêtre, je regarde son dessin de braise, là en bas.

J'ai posé ici mes valises depuis quelques mois, dans le sillage d'un chef exigeant, que les paysages n'intéressent guère. Il a des buts, il y subordonne tout. Je lui suis docile à souhait.

Si l'on remonte par cette avenue, voilà un village début de siècle, aux odeurs de cuisine et aux cafés d'ombre. Un kiosque clignote, le boulanger transporte ses plaques de métal blanc. Du sommet de la pente, lancée comme un tremplin vers l'eau, on distingue tout en bas la tôle bleu-gris, selon les jours, barrée par le jeu de construction des montagnes.

Si l'on descend vers ce lac, par les boulevards bordés de platanes, la lumière se transforme, marine, un peu salée déjà.

Car c'est bien un port, ma ville, même si ses dimensions n'ont rien de remarquable. Le soir, on y entend le cliquetis des mâts métalliques, comme les couteaux et fourchettes de convives silencieux.

Elle coule vers son port, elle courtise l'eau, ma ville.

Quand j'ai mon samedi, je monte dans le bateau blanc qui traverse. Le voilà venir, avec ses hanches larges, son ventre immergé. On entend ses grosses roues à aubes.

Du pont, tandis qu'elle s'éloigne, apparaît le plan torturé, embarrassé de ma ville, qui m'autorise certains jours quelques minutes d'errance. Vu d'ici, tout est clair : la cathédrale est assise comme au cœur d'un gros chou, des vallées virent au-dessous, de grandes places, la tache verte de ses jardins.

Elle n'a rien à envier, ma ville, à d'autres ports qui se vautrent sur la pente pour aller saluer l'écume : Lisbonne, Gênes, Naples.

Cependant, on y entend peu de voix et de mélodies fortes, ou d'exclamations qui disent la nécessité d'adjoindre à ce monde un supplément de paroles. Dans ma ville, peu de cris ou de rires. Tout semble comme assourdi par le caractère de cette peuplade.

Tenez, par exemple : le bateau ne dégage pas ces exaltantes odeurs de mazout, de graisse et de sel qu'ont les bacs pour Procida. Là, tout se corrode, tout brûle à la gorge. Au seuil liquide de ma ville, l'air ne griffe pas la peau. En été, on est dans l'air électrogène. L'automne, dans une crème, parfois une soupe de brume. En hiver, le navire tranche l'eau comme glace aux pôles.

À la poupe, pas de râleurs rituels, qui ont failli manquer le dernier bateau pour Lipari, avec leurs caissettes de citrons. Le bateau ne porte que de doux vieillards emmitouflés, qui tuent le temps sur l'eau avant de remonter dans leurs logis sombres.

Ou des frontaliers lassés de leurs voyages, fixés sur leurs montres.

Ou des rêveurs que l'eau stimule, dont elle épanche les pensées.

Car il ne faut pas négliger les rêveurs.

Une bonne part de l'existence de ma ville tient à eux seuls.

S'ils n'œuvraient pas partout, l'œil vague, assis à leurs bureaux, banques ou assurances ;

S'ils ne formaient pas, aux comptoirs, dans les salles de classe, aux caisses qui tintent, des pensées faisant d'elle une vivante analogie, une icône, une personne même ;

S'ils n'y mêlaient pas

les villes étrangères
les jardins traversés
les architectures cachées qui les travaillent

alors, qui pourrait seulement demeurer dans la ville ?

Partance

Les ciels atlantiques, ça me connaît.

Non pas que l'entreprise m'expédie en mission à travers le monde.

Non pas que j'aie grandi dans un de ces ports qui regardent vers l'eau, La Rochelle, San Sebastian ou Porto.

Non, ici est mon seul ailleurs, pour l'instant.

Quand la semaine est finie, la passion des images et des lieux me saisit.

Je me fie aux noms.

Celui des villes est une des choses les plus stables dans toute l'histoire de l'espèce.

Changer la façon dont des milliers d'hommes désignent chaque jour la grappe de bâtisses qui les contient, la tâche serait insurmontable !

Les lieux restent étrangement associés aux mots. Ils défient les époques, les royaumes successifs, les catastrophes.

Pour leur exploration, j'ai tous les livres, comme des portes ouvertes.

Mon chapelet rêvé a ses règles: en Italie, Napoli, Catanzaro, Maratea, Gallipoli, Messina, Siracusa, Palermo.

Plus à l'ouest, tournées vers l'océan: Setúbal, Estoril, Coimbra.

Sur l'autre rive: Manaus, Belo Horizonte, Pernambouc, Pôrto Alegre.

Il s'agit d'associer à chaque nom un paysage, une qualité de feuillage et de bâtisses, une façon d'occuper la rue.

Une manière de cuisine.

Il s'agit de se figurer la couleur du soir, les bruits qui s'effilochent après la fermeture des boutiques.

Derrière la porte des images, j'accède aux après-midi dans la forêt humide, aux tintantes voitures des capitales du Sud, au vacarme des fêtards revenus de la plage.

Le grand silence des musées nationaux.

Jus et alcools au comptoir. Cigarettes à la fumée âcre et bleue.

Réseaux des bus incompréhensibles, vous menant jusqu'au Corcovado, à la butte de l'Almada, aux contreforts du Vésuve, ou vers le Tage.

Je sais m'orienter dans les rêves. J'amasse tous les guides et les cartes, je fais collection de photos et de plans.

Car l'usage du vol m'est inconnu. Pas d'accès aux carlingues luisantes.

La porte du réel se tient close.

La machine incomprise m'est interdite. Par un rêve obsédant : dans un fauteuil confortable, au-dessus de forêts, je contemple l'immensité vierge, impuissant. Décollage difficile, la fusée si spacieuse se balance et penche de plus en plus vers le sol.

Impossible d'échapper à son destin fracassé.

Et pourtant, de l'autre côté de l'air, on peut entr'apercevoir une ville inaccessible et riante, toute d'eau, de plantes grimpantes et de lumière crue.

Comme l'éclat d'un souvenir.

Certain d'y avoir été attablé, un jour, au milieu des rires et des tendresses, j'y aspire dans les larmes, au sortir du rêve.

Pour l'instant, patience, explorer la zone qui m'est échue.

Adoration païenne

Je vis dans des palais. En ruine, mais des palais tout de même.

Dans ce pays, traînant d'églises lépreuses en *palazzi* décatis.

Comment mesurer l'atmosphère d'oubli et d'hébétude qui règne sur ces trésors ?

Pas âme qui vive dans les fraîches chapelles de la ville, juste avant le cruel midi.

Des familles criardes campent dans les palais, débordent des rez-de-chaussée.

Volutes de plâtre rongé, longues rampes d'escaliers faites pour l'œil, tout semble hors d'usage. Démesurément.

Nous sommes toujours après une guerre, un cataclysme.

Linge aux fenêtres, failles colmatées par des sacs de plastique bleus, fuites d'eau bourrées avec des torchons. Chiens et vieillards se disputant le pied d'une colonne.

Les murs sont si antiques, renfoncés, soutenus, qu'ils finissent par sembler une roche inconnue et luisante, noircie par la pluie.

Il n'y a plus de paradis. On le sait. On attend dans une espèce d'indifférence.

Cours ombrées aux relents de mazout. Vrillement des moteurs dans les rues parallèles. Comme sur le départ, pour un voyage, une migration, on a installé les plantes dans des seaux de plastique fêlés.

Les marchands rivalisent de chants plaintifs vantant leurs fruits, leurs épices.

Cinq hommes transportent, sur un petit char branlant, un énorme thon pêché à l'aube.

Sang noir caillé sur la bête à l'œil fixe. Éclats métalliques des couteaux, des écailles.

La foule est en arrêt, en admiration devant ce frère marin.

Familier mais assez lointain pour le manger avec amour.

On le considère avec une émotion visible comme un demi-dieu, chaque jour sacrifié sur les étals.

Prenez et mangez-en tous.

Même si la vie semble humiliée, ici, les vieux gestes habiles, le goût sûr des couleurs, une patience amusée leur tiennent lieu de grandeur.

Mère méditerranée.

Sainte lascive

Pour en savoir un peu plus sur le monde, il suffit de passer la lourde porte, et de se terrer vers le fond.

Une église sur le promontoire de l'île : entrée des robes, voiles et chapelets.

Derrière les colonnes s'installent deux ou trois vieux aux allures goguenardes et incrédules.

Des gosses brunis et salés, endimanchés à l'excès, embrassent le *nonno* en avançant bien la bouche.

Visiblement content de sa basse-cour, le vicaire.

Froufrou des soutanes sous le porche. Les prêtres sont du côté des femmes par leurs tissus, leur démarche.

Les éventails vibrent. Comme au spectacle, c'est l'attente. Il y a le son dur des bancs que cognent les jambes.

Hésitante à l'entrée, une jeune fille reste à la porte.

Cheveux noirs et yeux de bois, épaules nues, hanches un peu grasses, toute rehaussée de vert pistache, dans un pantalon très serré, dressée sur ses talons.

Le cul le plus splendide et provocant de la province.

Un vrai fruit mûr, une offrande.

Elle sait fort bien que tous ses vêtements le commentent, le déploient victorieusement.

Le fruit, pour n'importe quel adolescent ou vieillard, l'âcre vertige.

Qu'elle finira par s'alourdir et se lasser, cette peau incomparable, nul ne l'ignore.

La fleur n'a qu'un jour, il faut savoir l'admirer.

Toute chair ici se rêve marbre et pierre froide.

Elle volette, observe, salue, sourit à peine. Elle recule un peu, puis revient...

Ses yeux ne manquent rien.

Cela semble comme une curiosité ou une peur.

Devant l'autel, un peu alourdi déjà du menton, son fiancé est à confesse. L'homme en robe se penche vers lui, fait un signe de croix.

J'imagine leur amour, leurs inévitables enfants.

Mais la cloche, soudain. L'eau bénite, les calices, tout est en ordre. Tout s'apprête.

Les chuchotements s'atténuent.

Elle volette encore, virevolte des épaules... le marbre... ou sa chair outrageante.

Ce véritable défi lancé à tous.

Elle hésite encore... elle entre enfin.

Vite, que je trouve la porte pour fuir.

Table

NOTE

La revue *Europe* (n° 859-860, nov.-déc. 2000), la *Revue de Belles-Lettres* (n° 3-4, 2000) et *Écriture 56* (automne 2000) ont donné en prépublication cinq proses issues de ce recueil. Celles-ci ont fait l'objet de lectures publiques aux Journées littéraires de Soleure 2000, puis, dans une mise en scène de François Marin : au Festival de la Cité (Lausanne, 11 juillet 2000), à l'église de Martigny-Bourg, accompagnées par le musicien Christophe Fellay (27 octobre 2000), ainsi qu'au théâtre de L'Alambic (Martigny, 13 novembre 2000).

Destinations païennes sera l'objet d'une installation sonore conçue par François Marin et Christophe Fellay. Création les 25 et 26 avril 2002 au MUDAC (Lausanne) puis aux Musées cantonaux (Sion).

Achevé d'imprimer
en octobre deux mille un
sur les presses de l'Imprimerie Slatkine à Genève
pour le compte des Éditions Zoé
Composition pressEXpress, Genève